AF455845

LAÏS ET PHRINÉ,

POËME

EN QUATRE CHANTS.

A LONDRES;

Se trouve à Paris,

Chez { PANCKOUCKE, Lib. rue de la Comédie Françoise.
DELALAIN, Libraire, rue St. Jacques.

Et à Orléans,

Chez COURET DE VILLENEUVE, Imprimeur Ordinaire du Roi.

M. DCC. LXVII.

ENVOI

A VÉNUS-URANIE.

CHARMANTE & divine Uranie,
Prête l'oreille à mes accens.
Je n'ai célébré dans mes Chants,
Ta ſageſſe ni ton génie ;
Mais, ſans vengeance & ſans aigreur,
J'ai tant dit de mal de ta Sœur,
Que c'eſt t'en faire un ſacrifice,
Et t'offrir l'encens qui t'eſt dû.

Toujours la critique du vice
Fut un hommage à la vertu.

LAÏS ET PHRINÉ,

POËME

EN QUATRE CHANTS.

CHANT PREMIER.

JE chante la douleur amere,
Non de l'amour ni de sa mere,
Mais d'une Brune à l'œil frippon,
Qui de Laïs eut le surnom,
Pour avoir, selon la critique,
Eu l'ame un peu trop sympathique.
Raconte quel malheur affreux
Rendit ses beaux jours ténébreux;

Toi, dont ce siécle est idolâtre,
Muse aérienne & folâtre:
Répands sur mes Vers passagers
Tes feux errans & mensongers:
Sois comme la mousse légere
Qui pétille dans la fougere,
Ou tel un zéphyr exhalant,
Sur les eaux, son souffle ondulant.
Laïs de gloire environnée,
Et de cent palmes couronnée,
Se reposoit sur ses lauriers
Dans les bras d'un de ces guerriers,
Que, sous l'étendard du mystere,
Vénus enrôle pour Cythere:
Ce Héros des champs de Cypris,
Joignoit aux grâces de Pâris
La majesté du fils d'Alcmene.
Qu'il ne trouva point d'inhumaine,
Beau Sexe, sans vous outrager,
On en peut aisément juger
Par le désespoir & les larmes
Dont se ternirent tant de charmes;

Quand ce favori de l'amour
Abandonna, non ſans retour,
La troupe aimable & volatile,
Qui de ſes mains toujours diſtille,
Les jeux, les ris & les plaiſirs;
Doux objets des tendres deſirs.
Quoi! diſoit Julie éplorée;
Toi, dont je me crus adorée,
Ingrat Lindor, perfide Amant,
Tu jouiras de mon tourment;
Et le Ciel qui voit mon injure,
Ne punira point ton parjure.....
Que dis-je, hélas! à quel excès
M'emportent de juſtes regrets?
Epargnez l'ingrat qui m'offenſe,
Dieux! n'embraſſez point ma défenſe;
Oubliez mon reſſentiment:
Ah! quel ſeroit ſon châtiment,
S'il pouvoit égaler ſon crime,
Et l'affront cruel qu'il m'imprime.
Vis, traître & volage Lindor;
Je ſens trop que je t'aime encor.

L'aſtre qui darde la lumiere
A dix fois fini ſa carriere;
Et nul effort n'a pu bannir
Un trop funeſte ſouvenir.
A tant de conſtance & d'ivreſſe,
Conçois juſqu'où va ma tendreſſe;
Et rougis, ingrat, de tromper
Un cœur ſi lent à s'échapper.
Dans le chagrin qui me dévore,
O Vénus! c'eſt toi que j'implore;
Si pour t'offrir mes vœux ardens,
J'anticipai ſur mon printems;
Si je ſentis brûler mon ame
D'une vive & ſubtile flamme,
Avant qu'un aſcendant vainqueur,
Portât le trouble dans mon cœur:
Rends-moi le prix, ô Cythérée,
D'une offrande prématurée;
Je me conſacre à tes autels
Par des hommages immortels:
Rends-moi l'objet de mes délices;
Les plus éclatans ſacrifices

Seront

Seront un fruit de ta faveur ;
Et loin d'éteindre ma ferveur,
Je te voue, ô mere chérie,
Le dernier ſoupir de ma vie....
A ces mots, la Nymphe rougit,
Vénus en triomphe, & ſourit.
Vain eſpoir, impuiſſantes larmes ;
Que ſervent de ſi foibles armes
Contre un cœur où tu ne vis plus.
Nymphe, tes vœux ſont ſuperflus ;
Chaſſe Lindor de ta mémoire,
Et prends plus de ſoin de ta gloire.
On dédaigne facilement
Un bien acquis trop aiſément.
L'amour ne tient ſa conſiſtance,
Que d'une adroite réſiſtance ;
Et l'on eſt bientôt dégoûté
D'un plaiſir qui n'a rien coûté.
Ainſi, les ailes déployées,
L'Amant, des plaines émaillées,
Careſſe, en paſſant, mille fleurs
Trop prodigues de leurs faveurs.

J'écarte de cette aventure,
L'ennuyeuſe & froide peinture
De cent reproches doucereux;
Reſſource des cœurs malheureux,
Dont plus d'une Amante abuſée,
Accabloient ce nouveau Théſée.
Je laiſſe aux Héros du vieux temps,
Les langueurs, les triſtes accens,
De l'amour fades Litanies,
Que de ſon culte il a bannies.
J'aimerois mieux dans ce tableau,
Par un énergique pinceau,
Tracer l'affreuſe énergumene,
Sous le maſque de Célimene,
Mettant au jour, dans ſa fureur,
Son dépit & ſon déshonneur;
Soutenant dans ſa rage impie,
Que l'on pourroit, ſans barbarie,
Punir un galant frauduleux,
De ce ſupplice ſcandaleux,
Dont une Reine infortunée
Menaça le pieux Énée;

Mais Laïs, objet de mes Chants,
M'inſpire des ſons plus touchans.
Grâces, ornez-la de guirlandes;
Tendre Amour, reçois les offrandes,
Qu'en ton Sanctuaire ſacré
Prodigue un Amant adoré.
Dignes Prêtreſſes de Cythere,
Pourquoi ces voiles du myſtere?
Vénus & ſa riante Cour,
Ne craignent plus l'éclat du jour.
Fends les airs, Couriere indiſcrette.
Des cris aigus de ſa trompette,
Les antres, les bois ſont troublés,
Et par leurs accens redoublés,
Annoncent la nouvelle Orgie,
Où l'Amour, dans ſa liturgie,
Inſcrit ce couple fortuné,
Que le plaiſir a couronné.
Triomphe, Nymphe enchantereſſe,
Jouis de la vive tendreſſe
Du plus volage des mortels;
Il fait brûler, ſur tes Autels,

Un encens pur & ſans mêlange :
Mais le temps fuit, & le cœur change... :
Que dis-je, ô ſiécle corrompu !
Déja ce doux charme eſt rompu.
Quelle divinité ſiniſtre,
De nos plaiſirs anti-miniſtre,
Porta ſi-tôt ce coup fatal.
Fut-ce donc toi, monſtre infernal,
Deſtructeur de toute harmonie,
Dont le vaſte & puiſſant génie,
Sous cent déguiſemens divers,
Embraſſe ce triſte Univers ?
Non, la diſcorde & ſes complices,
Les noirs ſoupçons, les froids caprices,
Ne brouillerent point ces Amans :
La diſcorde, dans ces momens,
Dédaignoit ces trames vulgaires ;
Elle avoit ailleurs trop d'affaires.
Le croiroit-on, ce fut l'Amour,
Qui, par un volage retour,
Se repentit de ſon ouvrage ;
Tant d'ardeur lui faiſant ombrage ;

Il voulut briſer ce lien ;
Et pour ſa gloire il penſoit bien.
De cette tendre Courtiſanne
Il faiſoit preſque une Suſanne.
Cent Petits-Maîtres déſolés,
De ſa cour bruyante exilés,
Erroient, loin d'elle, à l'aventure ;
Réduits à quelque intrigue obſcure,
Qui flattant peu leur vanité,
En croiſſoit l'inſipidité.
Froids brocards, lettres anonymes,
Ces ſtupides & lâches crimes,
N'étoient qu'un vain ſoulagement
A leur jaloux reſſentiment.
Laïs rioit de leur colere.
L'Amant heureux, qui ſçait lui plaire,
Embraſé d'un feu plus qu'humain,
Valoit ſeul tout ce frêle eſſain.
Que d'époux, depuis ſa retraite,
Jouiſſoient d'une paix ſecrete ;
Calme dangereux & trompeur,
Des dégoûts triſte avant-coureur ;

Languiſſant dans cette apathie,
Faute d'un peu de jalouſie.
Si l'Amour s'en inquiétoit,
Un ſoin bien plus vif l'agitoit;
Mille femmes déſeſpérées
D'être libres & déſœuvrées,
Attendoient l'inſtant où Lindor
Reprendroit un nouvel eſſor.
A cette émeute univerſelle,
Eſt-ce que le monde chancele;
Et tout le genre maſculin
Toucheroit-il à ſon declin?
Non; mais de ces corps qu'il enflamme,
Ce Héros eſt devenu l'ame.
Tout eſt charmant, tout eſt ſacré,
Quand la mode l'a conſacré.
Calmez vos craintes inquietes,
De l'Amour aimables ſujettes;
Ce ſoin à ſon empire eſt dû;
Lindor va vous être rendu.
Pour rompre ce doux maléfice,
Il y falloit de l'artifice.

L'Amour aiſément le comprit ;
Et voïci comment il s'y prit.
Il change ſes traits, ſa parure ;
Jette ſon arc, prend pour armure,
Le maſque de la vanité,
Très-ſubtile divinité.
Dans cette pompe redoutable,
Flatteuſe ſans être agréable,
Il tint à Lindor ce diſcours,
Dont l'art ſeul embellit le cours.
» O toi, dont Vénus & les Grâces
» Semblent par-tout ſuivre les traces ;
» Toi, dont la taille & la beauté,
» L'enjouement, la vivacité,
» De la nature bienfaiſante,
» Ont de bien loin paſſé l'attente ;
» Peux-tu donc, chef-d'œuvre des Cieux,
» Enfouir ces dons précieux ;
» Tu fannes, près d'une Bergere,
» De ton Printemps la fleur légere ;
» Au ſein de la captivité,
» Tu languis dans l'obſcurité.

» Lâche! rougis de tes entraves,
» Toi, dont tant de Nymphes esclaves,
» Jalouses de te rendre heureux,
» Préviendroient jusqu'aux moindres vœux.
» Ta Laïs bientôt surannée,
» Et par six lustres condamnée
» A parer quelque vieux serrail,
» Passe en fraude dans le bercail,
» Que l'Amour, pasteur sans conduite,
» Traîne aveuglément à sa suite.
» Déja la honte & le mépris,
» De tes feux sont le digne prix.
» Fuis, déshonneur de ta Patrie,
» Où ta renommée est flétrie.
» Puisse l'hymen, Dieu si fatal,
» Te serrer du nœud conjugal.
» Tu connois, Phriné, sa jeunesse,
» Ses grâces qu'orne la sagesse.
» Je compte pour rien ses attraits,
» Son air naïf & ce teint frais,
» Cette bouche où, près de la rose,
» La tendre volupté repose:

» Mais

» Mais vois ce front plein de candeur,
» Ces yeux où regne la pudeur,
» Dont la paupiere encor tremblante;
» Annonce une ame chancelante,
» Entre le doux beſoin d'aimer,
» Et la crainte de s'enflammer.
» Elle t'aimoit : cette victoire
» A jamais t'eût comblé de gloire.
» Ç'en eſt fait : un rival heureux,
» Moins aimable, moins dangereux,
» Mais dont l'ame plus délicate,
» Cherche un triomphe qui la flatte;
» Va s'emparer de tant d'appas,
» Que ton cœur ne méritoit pas.
L'Amour ſe tait. La ſuffiſance
Qui ſe voit avec complaiſance,
L'orgueil jaloux, plus fier encor,
Saiſiſſent vivement Lindor.
Contre l'indomptable cohorte,
Laïs combat; l'orgueil l'emporte.
Lindor part; vole au même inſtant
Dans un appareil éclatant.

Chez la Nymphe à qui sa visite,
Annonce un nouveau prosélyte.
Cette Sirene, au doux maintien,
Que l'on croyoit femme de bien,
Dont l'Amour, qui souvent déguise,
Vient de nous peindre la franchise
Sous ce dehors insinuant,
Cachoit un cœur double & méchant.
Son hypocrite retenue,
Et cette candeur ingénue,
Receloient un esprit malin
A la coquetterie enclin;
Ce grand art dont Rome & la Grece
Eussent pris leçon dans Lutece.
A l'aspect de cet Amadis,
Phriné jalouse de Laïs,
Tendit cette nasse fatale,
Où devoit tomber sa rivale;
Sans objet que la vanité
D'humilier cette Beauté.
Cette inconcevable manie,
Et ton plus familier génie,

Beau Sexe, a pour toi trop d'attraits:
S'il te prête ſouvent des traits,
Souvent auſſi ces fieres armes
Semblent te ravir de tes charmes;
Et le cœur te ſerviroit mieux
Que cet eſprit impérieux.
Notre Héros en artifice,
Peut-être encore un peu novice,
Ou par l'amour propre aveuglé,
Débrouilloit mal ce cœur voilé.
Le tendre embarras qu'elle affècte,
Sa naïveté ſi ſuſpecte;
Propos, regards étudiés,
Faux intérêts ſacrifiés,
Etoient pour lui d'un doux préſage.
Bien réſolu d'en faire uſage,
Et de hâter l'inſtant flatteur,
En habile triomphateur,
Il ſe jette aux pieds de la Belle,
Qu'il ne croyoit pas ſi cruelle.
Phriné bannis, dans ce moment,
Un frivole déguiſement:

Que ton cœur ici se déploie;
Exhales ta perfide joie;
Vois, sans tendresse & sans courroux,
Ce fier mortel à tes genoux.
Il n'aime point; mais il desire,
Et tout plein du feu qu'il respire,
Ses sens séduits & fascinés,
Par le plaisir sont entraînés.
Tel, au fond d'un bois solitaire,
On voit un Faune téméraire,
Saisir une tendre Beauté,
Dont il sentit la cruauté.
Furieux du trait qui le blesse,
Il abuse de sa foiblesse,
Et lui ravit quelque faveur,
Qu'il ne tient que de sa frayeur;
Ainsi Lindor, tel qu'un athlete...
Arrête, Muse! sois discrete:
Dis seulement que ses transports,
Malgré la Nymphe & ses efforts,
Penserent, dans cette aventure,
Soumettre l'art à la nature;

Et que ce cœur ſans paſſion,
En ſentit quelque émotion;
Mais l'ame qui n'eſt point épriſe,
Revient bientôt de ſa ſurpriſe.
Phriné, ſenſible à cet affront,
La honte empreinte ſur le front,
Bien moins, comme on le pourra croire,
Par vertu, que par vaine gloire,
Exprime, en ces mots, ſon dépit,
Qu'en ſecret l'orgueil aſſoupit.
» Lindor, vous m'avez outragée;
» Si vous m'aimez, je ſuis vengée:
» Et cet excès injurieux
» Sert du moins à m'ouvrir les yeux.
» Je ſuis jeune & ſans défiance;
» Mais avec peu d'expérience,
» J'ai vu dans votre emportement,
» Plus d'ardeur que de ſentiment.
» Sans être ici trop prévenue,
» Lindor, je vous ſuis peu connue;
» Vous avez pris quelques égards,
» Peut-être d'innocens regards,

» Pour des garans de ma défaite:
» De ce mépris peu satisfaite,
» Je devrois faire, en ce moment,
» Eclater mon ressentiment;
» Je ne veux, malgré ma colere,
» Ni vous haïr, ni vous déplaire:
» Sentez à de tels procédés,
» Quel est le cœur que vous perdez;
» Pour ramener ce cœur sensible,
» Et désormais inaccessible,
» Tous vos soins seroient superflus;
» Ah! Lindor, ne me voyez plus.
Pendant ce discours plein d'adresse,
Mêlé d'aigreur & de tendresse,
Qu'avoit assez mal écouté
Notre Héros trop agité,
La Nymphe, beaucoup moins émue,
Avoit, sur lui, fixé sa vue;
Desirant ce tendre embarras,
Que son art ne découvrit pas.
Dieu des Vers, prête-moi ta Lyre:
Ce n'est pas trop de ton délire,

Pour bien exprimer la douleur,
Que lui caufa tant de froideur.
Un morne & funefte filence,
Plus touchant que la violence,
Saifit fon efprit accablé,
Et fon cœur même en eft troublé.
Ce n'eft plus cette femme altiere,
Coquette adroite autant que fiere,
Dont le talent fi dangereux,
Doit faire tant de malheureux;
C'eft une Ariane expirante,
Une colombe gémiffante,
Dont les foibles fons & les cris,
Par les foupirs font engloutis.
Ces yeux fi brillans s'obfcurciffent;
Ces attraits naiffans fe terniffent:
Elle veut rappeller fes fens,
Tous fes efforts font impuiffans.
Dans cette contrainte cruelle,
Une fueur froide & mortelle,
Coule fur fon fein palpitant,
Et, fans doute, en ce même inftant,

Ç'en étoit fait de tant de charmes,
Sans le puiſſant ſecours des larmes.
Quel état, quelle extrêmité !
O pouvoir de la vanité !
Lindor, trompé par l'apparence,
Eſt touché de tant de ſouffrance;
Et pour le Sexe, très-humain,
Il s'approche, lui prend la main;
Oui, lui dit-il, Nymphe adorable,
Trop d'amour m'a rendu coupable....
Cet aveu, ce tranſport charmant,
Rend à Phriné le ſentiment :
» Lindor, il n'eſt plus temps de feindre,
» Dit-elle; à quoi bon me contraindre.
» Mon déſeſpoir & ma douleur
» Vous ont aſſez ouvert mon cœur.
» Je vous aime.... A cet aveu tendre,
Quelque rougeur vient la ſurprendre;
L'art n'eſt pas toujours le vainqueur,
Et le menſonge a ſa pudeur.
» Je vous aime enfin, pourſuit-elle;
» Mais une allarme trop cruelle
» M'épouvante

» M'épouvante ici malgré moi.
» Soyez, Lindor, de bonne foi;
» Epargnez un cœur trop ſincere;
» Laïs vous eſt-elle encor chere?...
» Quoi, répond-il avec chaleur,
» Laïs fait ici mon malheur;
» Une inquiétude ſi vaine
» Vous force de m'être inhumaine?
» Ah! conſultez mieux vos appas...
» Eh bien! ſi vous ne l'aimez pas,
» Lui dit la Nymphe impatiente,
» J'en veux une preuve éclatante.
» Que *Mirtile* * ſoit le garant
» D'un éternel engagement.
» Soit jalouſie ou pur caprice;
» Accordez-moi ce ſacrifice;
» J'oublierai tout; & ſi mon cœur
» Eſt le but où tend votre ardeur...
» Je n'en puis dire davantage,
» Nul eſpoir enfin ſans ce gage.

---

* Chien de Laïs.

Je peindrois mal l'étonnement
Où Lindor fut en ce moment.
Est-ce haine, est-ce jalousie,
Epreuve ou simple fantaisie;
Dans cette énigme à deviner,
Ne sçachant trop qu'imaginer,
Du vif & léger badinage,
Notre galant prend le langage.
» Je l'avouerai, charmant objet,
» Je vois peu clair dans ce projet:
» Mais si, par Laïs outragée,
» Vous desirez d'être vengée,
» Je jure ici par vos attraits,
» Que le plus cruel de leurs traits
» Ne causera pas tant d'alarmes,
» Et fera moins verser de larmes.
» Disposez, pour moi, de son sort;
» Mais ne lui donnez pas la mort.
» J'aurois tort de me plaindre d'elle;
» Et c'est assez d'être infidelle.
» Traversez-la dans ses amours;
» De ce torrent brisez le cours;

» Sur une plus charmante rive,
» Détournez cette ſource vive;
» Mais laiſſez-lui, dans ſon malheur,
» Un ſi tendre conſolateur.
» Cette gentille créature,
» Vrai chef-d'œuvre de la nature,
» Fait ſouvent un peu trop de bruit;
» Mais que de grâces, que d'eſprit;
» Quel air lutin qui vous enchante;
» Quelle fidélité touchante:
» J'en étois même un peu jaloux.
» Il falloit le voir près de nous,
» Bondiſſant, jappant, faiſant rage;
» Et défendant, avec courage,
» Celui de nous d'eux qu'il croyoit
» Le plus foible ou le moins adroit....
» Ah! Phriné, ſoyez moins cruelle;
» Je vous jure d'être fidele;
» Enfin de ne la plus revoir,
» Et de braver ſon déſeſpoir:
» Mais j'exige quelque indulgence,
» Et s'il vous faut une vengeance,

» Vous la portez dans ces beaux yeux. . . .

Un coup-d'œil ſec & furieux,
Qu'en ce moment Phriné lui lance,
Fait ſoudain pencher la balance.
Ainſi Jupin, d'un ſeul regard,
Trouble les Cieux de toute part.
Lindor, comme frappé du foudre,
Sent qu'il eſt temps de ſe réſoudre;
Et l'orgueil aiguiſant le goût,
Le lâche qu'il eſt, promet tout.
Comme on voit l'onde turbulente,
D'une ſecouſſe violente,
Paſſer au calme le plus doux;
Ainſi notre Nymphe en courroux,
Diſſipe ce nuage ſombre,
Et fait ſuccéder à ſon ombre,
L'éclat d'une ſérénité,
Où triomphe la vanité.
Si l'onde ſur ſa plaine humide
Invite le nocher timide,
La Nymphe, d'un œil careſſant,
Flatte en vainqueur toujours preſſant.

Une flamme artificieuse
Répand sa lumiere trompeuse,
Et ses yeux, par l'art embrâsés,
Semblent, par l'Amour, attisés.
Jouis d'un espoir favorable,
Lindor, il sera peu durable....
Que dis-je! reviens d'une erreur
Qui peut coûter cher à ton cœur.
Redoute tout d'une coquette;
Déja dans ton ame inquiete,
Je vois ses refus augmenter,
L'ardeur qu'elle a soin d'irriter.
Tu voulois tromper, tu vas l'être.....
Mais la vanité parle en maître:
Lindor obéit à sa voix;
Et jaloux de son nouveau choix,
Ce charme si puissant l'entraîne:
Le parjure serre sa chaîne.
L'ardent desir toujours trop prompt,
La perfidie, au triple front,
Sont ses divinités propices:
Sous ces doux & tendres auspices,

Il protefte d'être conftant,
Prend un baifer, & fort content.
Notre Sirene enchantereffe
Rit un moment de la foibleffe,
De ce cœur qu'elle croit fans fard;
S'indigne même que peu d'art,
Quelques attraits & des caprices,
Obtiennent tant de facrifices;
Que cet être d'un fi haut prix,
Au moindre piége toujours pris,
Et plus fragile que le verre,
Porte le fceptre de la terre.
Le mépris vif qu'elle en conçoit,
Affermit cet efprit adroit
Dans l'opinion falutaire
Que fon Sexe, jaloux de plaire,
Doit tout faire pour nous charmer,
Et nous laiffer le foin d'aimer.
Pendant ce jeu de la folie,
Et ce combat de perfidie,
L'Amour déguifé, d'un peu loin,
Du fuccès étoit le témoin;

N'étant pour rien dans cette affaire,
Il reprend ſa forme ordinaire,
Vole ailleurs, ſuivi des Zéphyrs;
Porter le trouble & les plaiſirs.

FIN DU CHANT PREMIER.

LAÏS ET PHRINÉ,

POËME.

CHANT SECOND.

LINDOR flottant entre le crime
Et le doux eſpoir qui l'anime,
Ne ſçavoit quel parti choiſir :
Si le remord vient le ſaiſir,
Une conquête ſi brillante
Entraîne ſon ame inconſtante ;
Si le deſir impétueux,
Cet écueil des plus vertueux,
Le tourmente & le tyranniſe,
Il craint qu'on ne le tympaniſe.

E

L'objet dont il eſt ébloui
Vaut-il ce forfait inoui....
Laïs eſt-elle bien fidelle?...
Ne doit-il vivre que pour elle?...
Dans ce ſolitaire entretien,
Il s'égare, & ne conclut rien.
D'où lui vient ce déſordre extrême,
Et ce prompt retour ſur lui-même?
Un peu d'abſence a tout produit.
Loin des beaux yeux qui l'ont ſéduit,
Il reſſent quelque ſympathie;
Mais ſa flamme s'eſt amortie;
Et dans le cœur le plus gâté,
Il eſt un fond de probité.
Oui, Lindor, je te rends juſtice;
Sans Laïs, ſans un vain caprice,
Le galant homme triomphoit,
Et Phriné peut-être en mouroit.
Laïs, & toi charmant Mirtile,
Vous jouiriez d'un ſort tranquille;
Et l'orgueil, toujours indompté,
Pour cette fois étoit mâté:

Mais un Démon plus redoutable,
Et cependant plus charitable,
Va causer seul tous les malheurs
Qui feront verser tant de pleurs.
La volupté, non pas l'amie
De la saine Philosophie,
Dont tout l'art consiste à sentir,
Sans abus & sans repentir;
Mais la mere de la luxure,
Enfant bâtard de la nature,
Qui souvent de la même main
Fait & détruit le genre humain,
Enfonçoit au cœur de la Belle,
L'aiguillon d'une ardeur nouvelle;
(Lindor toujours cher à Laïs,
Et conservant ses droits acquis.)
Quel objet ainsi la partage,
Et sur Lindor a l'avantage!
Plus je le vois, plus je m'y perds;
Et je le donne aux plus experts.
Est-ce Briarée, Encélade
Qui du Ciel tente l'escalade

Dût-il encore être écraſé,
Et de mille feux embrâſé.
Non, ce n'eſt qu'une mignature,
Une ébauche de la Nature,
Un feu follet, une vapeur,
Qui de Laïs eſt le vainqueur;
Mais il n'eſt point de femme auſtere
Pour un Candidat de Cythere;
Et ſur l'autel le moins paré,
Il eſt ſouvent inauguré :
Tant les grâces encor naiſſantes,
Sur tous les humains ſont puiſſantes.
Vénus, ſans conſulter l'Amour,
Chaque luſtre extrait de ſa Cour
Cent Nymphes, dont l'expérience
Doit inſpirer la confiance,
Et de ces imberbes mignons,
Fixer les regards pudibons;
De cette illuſtre Académie,
La tendre jeuneſſe eſt bannie.
Ce tribunal toujours fameux,
Où ſe portent nos premiers vœux,

Sans choquer toute bienſéance,
Ne ſçauroit ouvrir ſa ſéance,
Et mettre au grand jour ſes talens,
Qu'après l'éclipſe du Printemps.
Laïs, inſcrite dans le code,
Devoit, ce jour, mettre à la mode
Un orphelin licencié
Qui brûloit d'être initié.
Dans une maiſon retirée,
A Vénus ſeule conſacrée,
Il attendoit, avec ardeur,
Ce moment ſi cher à ſon cœur.
Déja les ſoupçons & la crainte,
Sur ſon front gravent leur empreinte,
Et troublent, au ſein du deſir,
Son premier pas vers le plaiſir.
Six courſiers que le feu conſume,
Couvroient leurs panaches d'écume,
Et par de vains henniſſemens,
Invitoient leurs guides trop lents :
Mais la divinité coquette,
Dont l'art préſide à la toilette,

Sembloit se jouer de l'état
Des Coursiers & du Candidat;
L'heure par Vénus assignée,
Etoit déja très-éloignée;
La nuit alloit chasser le jour.
Lindor arrive plein d'amour,
De repentir & de franchise....
Juste Ciel! quelle est sa surprise!
Laïs le voit, part à l'instant,
Monte dans un char éclatant,
Qu'effaçoit encor sa parure.
Près d'elle siégeoit le parjure:
Lindor en reconnut les traits:
Quoique Laïs, par ses regrets,
Lui témoignât de la tendresse,
Et du voile de la tristesse,
Voulût cacher l'affreux aspect
De ce monstre encor plus abject.
Cependant, déja le char vole,
Nos fiers Coursiers, rivaux d'Eole,
Font retentir, au loin, les airs.
Sous leurs pieds brillent les éclairs.

Dans cette aventure cruelle,
Lindor, des yeux, ſuit l'infidelle;
Qui de la voix & de la main,
L'invitoit pour le lendemain.
Tu ne pus garantir ton ame,
Du juſte dépit qui l'enflamme;
Lindor, un mouvement jaloux
Eût porté trop loin ton courroux;
Si *Mirtile* n'eût, par ſes charmes,
Fait, de tes mains, tomber les armes.
Comment, Laïs, à ſes accens,
A ſes cris aigus & perçans,
A-t'elle pu fermer l'oreille,
Elle qui ne dort ni ne veille;
Que ce tréſor ſi précieux
Ne ſoit toujours devant ſes yeux;
Toi, Laïs, dont la complaiſance
Alloit juſqu'à l'extravagance;
Et qui ne garda point d'Amant,
Qu'il ne plût à ce Chien charmant.
S'il eſt ſorti de ta mémoire,
Lindor en a toute la gloire.

Au sein de l'infidélité,
Ton cœur est encore agité.
Sa présence a troublé ta joie;
Et tremblante qu'il ne la voie;
Tu laisses *Mirtile* à l'écart,
Pour précipiter ton départ.
Beau Sexe, je ne puis m'en taire;
Vous êtes, pour moi, tout mystere.
N'aimez plus; je le conçois fort;
Et la nature seule a tort;
Elle forma l'homme volage,
Et par ce bizarre assemblage
D'objets de toutes les couleurs;
Semble justifier nos cœurs,
Et les porter à l'inconstance;
Triste fruit de la jouissance.
Mais aimer un objet par choix;
Et le trahir tout à la fois....
Art, vanité, coquetterie,
Goût des plaisirs, galanterie,
Vous pourriez peut-être expliquer
Ce que je n'ose démasquer.

Lindor

Lindor ſentoit toute ſa honte ;
Mais un doux eſpoir la ſurmonte.
Si Laïs vient de l'outrager,
Il eſt libre de ſe venger.
Eh ! de quel prix eſt la vengeance,
Qui ſe trouve d'intelligence
Avec l'orgueil & le déſir,
Ces deux mobiles du plaiſir.
Ah ! *Mirtile*, tendre *Mirtile*,
Pour Laïs, modèle inutile
De conſtance & d'attachement,
Tu vas ſervir à ſon tourment ;
Lindor te trompe & te careſſe :
Tu lui demandes ta maîtreſſe,
Et ne ſçais pas, infortuné,
A quel rôle il t'a deſtiné.
Dans cette triſte circonſtance ;
Quelle ſeroit ta réſiſtance ?
A quel point iroit ta fureur,
Si tu pouvois lire en ſon cœur.
Je vous crois bien, race adorée,
D'une origine très-ſacrée ;

Le beau Sexe, votre encenſeur,
En ſentiment ſi connoiſſeur,
Ne vous rendroit pas tant d'hommages.
Vous êtes plus que nos images,
S'il vous donne, preſque à genoux,
Tout l'empire qu'il a ſur nous.
Nos égards, nos ſoins, nos foibleſſes,
Nos humiliantes ſoupleſſes,
Tout ce qui peut nous faire aimer,
Lui ſert auſſi pour vous charmer.
Cette étonnante ſympathie,
Par le Sexe encor mieux ſentie,
Eſt un culte myſtérieux,
Sur lequel je baiſſe les yeux.
Muſe, ne faiſons point de ſchiſme;
Et reſpectons ce paganiſme;
Accordons à ces Déïtés
Nos plus ſenſibles facultés;
L'ame, notre honte & leur gloire,
Enfin l'eſprit & la mémoire,
Tout l'art qu'on peut imaginer,
Hors celui qui fait deviner.

A ce défaut d'expérience,
Notre plus ſublime ſcience,
Mirtile dût tout ſon malheur.
Triſte cependant, & rêveur,
Il aborde, dans cette criſe,
Phriné, qui ne fut point ſurpriſe
De voir arriver à ſa cour
Cette victime de l'Amour.
Que n'obtient point en ſacrifice
La beauté jointe à l'artifice ?
Cette offrande dût te flatter;
Tu manquas pourtant d'éclater
A l'aſpect aſſez ridicule
De ce couple dont l'un recule
Tout hériſſé, les yeux ardens,
Sans reſpect, te montrant les dents;
Et l'autre, en forme de requête,
Te préſentant la pauvre bête,
Qui croyant toucher à ſa fin,
Hurle, mord, & s'échappe enfin.
Laiſſons, pour un moment, *Mirtile*
Dans un coin épancher ſa bile,

Et reprendre un peu ſes eſprits.
Muſe, dis-moi quel fut le prix
De ce bizarre & tendre crime ?
Que ta voix diſcrete ſupprime
Les ſermens de fidélité,
Et le verbiage uſité,
Quand un cœur vivement deſire.
Toute la nature ſoupire;
Mais ſon vieux ſtyle rebattu,
N'a plus ni force, ni vertu;
L'amour du ſiécle eſt laconique.
Notre Héros fut énergique,
Ne dit qu'un mot, & le dit bien;
Et ſur-tout il n'entreprit rien.
Pour triompher de la Déeſſe,
Il feint de croire à ſa ſageſſe.
Le doux renom de chaſteté
Plaît à la moins fiere beauté;
Et la Nymphe la plus docile,
Craint de paſſer pour trop facile.
Avec cet art, ſouvent heureux,
Lindor ſe croit plus dangereux;

Et plein de cette ſuffiſance,
Qu'on décore du nom d'aiſance,
Preſſe ce doux conſentement,
Souvent l'ouvrage d'un moment....
Triſte eſpoir, manege inutile.
Lindor reclame envain *Mirtile*,
Contre un ennemi trop adroit :
Le cœur eſt chaud, l'eſprit eſt froid.
Inſenſé, renferme ta flamme;
Où l'art domine il n'eſt point d'ame.
Vois Phriné, remarque ſes yeux;
Le ſentiment n'eſt pas joyeux;
Elle badine, elle folâtre,
En perſonnage de Théatre;
Se mire, vante le beau jour;
A ces traits, connois-tu l'Amour.
Lindor prévoyant ſa diſgrace,
Dans ſes propres lacs s'embarraſſe :
Ce qu'il ſe fit d'illuſion,
Augmente ſa confuſion;
Il exhale un triſte reproche;
Mais l'inſtant funeſte s'approche.

La Nymphe, par ſon art puiſſant,
Va l'attendrir en l'abaiſſant.
Avant de changer de langage,
Phriné prépare ſon viſage:
Déja l'orgueil & le mépris,
Ses dignes & chers favoris,
En ont éloigné l'alégreſſe,
Pour y ſubſtituer l'adreſſe,
Et le plaiſir froid & méchant,
D'humilier notre galant.
» Je n'ai point perdu la mémoire
» De l'attentat fait à ma gloire,
» Lui dit la Nymphe avec dedain.
» (Sans le voir d'un œil trop ſerein.)
» J'imaginai que ma prudence,
» Ma douceur & ma confiance,
» Pénétreroient plus votre cœur,
» Que la vengeance & la fureur:
» Trop de franchiſe m'a perdue,
» Et cette offenſe m'étoit dûe:
» Mais enfin, ne vous flattez pas,
» Avec de ſi groſſiers appâts,

» D'abuſer d'une ame crédule,
» Qui hait, ſur-tout, qu'on diſſimule.
» Ne craignez rien de mon courroux,
» Mes reproches vous ſeroient doux ;
» Vous vous croiriez aimé ſans doute,
» C'eſt, Lindor, ce que je redoute;
» Si toutefois la vérité
» Peut détromper la vanité;
» Elle ſeule parle à votre ame,
» Et l'unique but qui l'enflamme,
» C'eſt la gloire de publier,
» Ce qui ne peut qu'humilier.
» Pardonnez mon erreur extrême;
» Je vous la dois plus qu'à moi-même.
» Vous, ô mon Sexe, à qui j'ai cru
» Autant de goût que de vertu.
» Oui, Lindor, votre renommée
» Séduiſit mon ame charmée.
» Le concours de tant de beautés,
» Trop avides de nouveautés,
» Mais ſi jalouſes de vous plaire,
» N'annonçoit pas un cœur vulgaire.

» Je disois, Lindor est aimé ;
» Lindor, sans doute, est estimé....
» Quoi, tout mon Sexe vous tient compte
» D'un mérite qui fait sa honte ;
» Et vous n'êtes si précieux
» Que pour être plus vicieux.
» Un tel affront me perce l'ame ;
» Et je me veux mal d'être femme ;
» Ce qui redouble mes ennuis,
» J'ai trop prouvé que je le suis.
» J'ai, par un bizarre caprice,
» Voulu de vous un sacrifice,
» Pour éprouver mieux votre foi ;
» Ciel ! que va-t'on penser de moi.
» Laïs, quoique très-méprisable,
» Ne rend point mon crime excusable ;
» Et vous auroit-elle trahi,
» Il falloit rester son ami ;
» Sur-tout prendre soin de ma gloire ;
» Pour assurer votre victoire.
» Vous avez, dans un seul moment,
» Manqué d'art & de sentiment....

» Si je ſuis un peu trop ſincere,
» Cette chaleur m'eſt néceſſaire,
» Et me fait mieux ſentir l'erreur,
» Qui fait tout notre déshonneur.
» Impérieuſes que nous ſommes,
» Nous voulons dominer les hommes;
» Et nous multiplions nos maux,
» En leur donnant tous nos défauts;
» Et nous nous croirions avilies,
» Si vous n'encenſiez nos folies.
» Nos deſirs les plus inconſtans,
» Nos travers toujours éclatans,
» Sont nos plus redoutables armes;
» Votre orgueil y trouve des charmes,
» Et juge, à nos égaremens,
» La force de nos ſentimens.
» J'oſe dire plus : ſans tendreſſe,
» Vous nous ſurpaſſez en adreſſe;
» Et vous êtes nos ennemis,
» Sous le dehors le plus ſoumis....
» Quelle leçon pour la premiere,
» Eh! quelle porte de lumiere

» Dans ce cœur, qu'un penchant ſecret
» Entraînoit vers vous à regret.
Ainſi la Nymphe trop cruelle,
Portoit une douleur mortelle,
Et le remord le plus cuiſant,
Dans le cœur de notre galant.
Dupe de ſon hypocriſie,
Son ame vivement ſaiſie
De tant d'attraits & de candeur,
Sentoit redoubler ſon ardeur.
Plein de la douleur qui l'accable,
Voulant paroître moins coupable,
Il tenta de rompre le cours
De ce pathétique diſcours;
Mais la Nymphe trop volubile,
Sçut tenir ſa langue immobile,
Et ne lui donna pas le temps
D'exhaler ſes vœux repentans.
» Vous comprenez, pourſuivit-elle,
» Que ma haine à jamais fidelle,
» Contre votre Sexe & le mien,
» Ne me permet aucun lien.

» Ce ſera toute ma vengeance,
» Vous pouvez ou fuir ma préſence,
» Ou venir prendre mes leçons;
» Déſormais libre, & ſans ſoupçons,
» Je vous verrai ſans me contraindre;
» Je vous connois trop pour vous craindre.
Ainſi le vice revêtu
Fit l'office de la vertu.
Lindor voulut en vain répondre;
Elle avoit trop ſçu le confondre.
Il n'avoit pas encor le front
De ſoutenir le moindre affront:
Plus expert en galanterie,
Il eût payé d'effronterie;
Quelque jour cet art lui viendra;
Plus d'une Laïs l'inſtruira.
Pour cette fois pris ſans manége,
En renard ſot, traînant ſon piége,
Il fuit, loin d'un cruel vainqueur,
La rage & l'amour dans le cœur.
Juſques-là le pauvre *Mirtile*
Fut penſif, triſte, mais tranquile.

O Ciel ! quel fut ſon déſeſpoir,
Sitôt qu'il ſe vit au pouvoir
D'une main peu large en careſſes.
Notre Nymphe avoit ſes foibleſſes,
Mais point aſſez d'aménité,
Ni de goût, ni d'humanité,
Pour rendre hommage à ces idoles
De tant de divinités folles.
Mirtile ſent tous ſes malheurs,
Et remplit l'air de ſes clameurs;
Fait tant de bruit & de vacarme,
Que la Nymphe ſonne l'alarme,
Veut renvoyer ce demi-Dieu,
Sans ſeulement lui dire adieu.
Mais elle n'eſt point ſatisfaite;
Toute victoire eſt imparfaite,
Si ſon éclat n'en eſt le prix.
C'eſt peu d'accabler de mépris
Lindor & ſa perfide Amante;
Si ce triomphe ne fermente,
Et ne force cette Beauté,
A lui céder la primauté.

Dans cette espérance flatteuse,
Pour une femme ambitieuse,
Elle va quelque temps encor
Jouir du crime de Lindor,
Et du plaisir que rien n'égale,
De désoler une Rivale.

FIN DU CHANT SECOND.

LAÏS ET PHRINÉ,

POËME.

CHANT TROISIÉME.

LA nuit plioit ſon voile épais;
Et l'aube, à l'œil doux, au teint frais,
Déja levoit ſon front d'albâtre
Sur ce pantomime théatre.
Mille Amans qu'avoient aſſoupis
Les jeux, les grâces & les ris,
Sur l'aîle du bruyant ſcandale,
Juſqu'à la couche nuptiale,
Ramenoient les tendres moitiés
De tant d'époux raſſaſiés.

Ici l'insipide mollesse,
Lasse d'une ennuyeuse ivresse,
Cherchoit un vain soulagement
Aux douleurs de l'épuisement.
Rarement la santé repose
Sur le duvet & sur la rose.
Sous ces aigredons parfumés,
Où ces corps semblent inhumés,
Les songes tristes & funestes
Enveloppoient ces foibles restes
Echappés aux plaisirs grossiers,
Les plus cruels des usuriers.
Là, sous une simple chaumiere,
Le Pâtre, ami de la lumiere,
Après un paisible sommeil,
Jouissoit d'un plus doux réveil.
Son cœur plein d'une gaieté pure,
Rendoit hommage à la Nature,
Et se rappelloit son amour
A ce premier éclat du jour.
Déja les tendres Chansonnettes,
Les chalumeaux & les musettes,

Nymphes,

Nymphes, Bergers, chiens & troupeaux,
Faiſoient retentir les hameaux.
Cette champêtre mélodie,
Charme d'une innocente vie,
De Laïs ranime les ſens.
Elle ouvre ſes yeux languiſſans,
Etend les bras, pleure & ſoupire,
Bénit le jour qu'elle reſpire,
Où Mirtile va lui parler,
Va l'entendre, & la conſoler
Des rigueurs d'une longue abſence.
Dans cette trompeuſe eſpérance,
Elle ſe dérobe ſans bruit
Du trop humiliant réduit,
Où ſa flamme mal étouffée,
Laiſſe dans le ſein de Morphée,
L'amour & ſon froid candidat,
Pour elle encor trop délicat.
Après cette triſte aventure,
La plus ineffaçable injure,
Que l'Amour, dans ſa cruauté,
Puiſſe imprimer à la beauté,

Lindor dans ton cœur dût renaître ;
Laïs, le grand art de connoître
Nous vient de la comparaiſon.
La folie inſtruit la raiſon ;
L'ombre fait ſortir la lumiere ;
La laideur rend la beauté fiere,
Et l'objet, digne de mépris,
D'un autre objet fait tout le prix :
Mais ton ame eſt trop inquiete.
Le trouble où Mirtile te jette,
Eteint tout autre ſentiment,
Et ce trouble eſt ton châtiment.
Hélas ! tu ſeras trop punie
Pour un moment de fantaiſie.
Détourne ces courſiers fougueux,
D'un ſéjour déſormais affreux,
Où tu vas gémir ſur un crime,
Dont l'innocence eſt la victime.
Fuis de ces lieux où le remords
Te fera deſirer la mort.
L'ame la plus infortunée
Peut bien braver ſa deſtinée ;

Mais le courage eſt mal aiſé
Dans le mal que l'on a cauſé....
Tendre Muſe, ſois attentive;
Entends-tu cette voix plaintive,
Et ces lamentable accens!
Quels cris ſans ceſſe renaiſſans!
O deſtin! ô jour déplorable!
Ç'en eſt fait, Nymphe miſérable,
On t'a porté le coup mortel.
Un ſilence morne & cruel
T'environne, & redouble encore
Le noir chagrin qui te dévore.
Si, du moins, tu pouvois ſçavoir
Sur qui tourner ton déſeſpoir;
Hélas! tes eſclaves en larmes
Te raviſſent juſqu'à ces armes,
Dont ſe ſert l'injuſte malheur,
Pour épancher de ſa douleur..
Trop volage, mais généreuſe,
Tu n'as point l'ame ſoupçonneuſe;
Lindor lui-même en ce délit,
Ne s'offre point à ton eſprit.

Il te ſuffit que ton cœur aime,
Et ta confiance eſt extrême.
Rare & ſublime qualité,
Preuve de ſenſibilité,
Mais qui ſouvent part moins de l'ame,
Que d'une intempérante flamme.
Toute femme eſt de bonne foi
Quand le plaiſir lui fait la loi.
Qui s'abandonne à tant d'ivreſſe,
Doit être aveugle en ſa tendreſſe:
Un peu moins de crédulité
Excluroit la pluralité.
Laïs ignorant le coupable,
S'impute le coup qui l'accable;
Adreſſe à Mirtile ces mots,
Qu'interrompent mille ſanglots.
Si l'affreuſe mort nous ſépare,
Mirtile, du fonds du Tenare,
Entends le dernier de mes vœux.
Tu méritas de vivre heureux,
Et je te dois cette juſtice:
Mais par le plus honteux caprice,

J'ai, de ta vie, hâté le cours.
Puiſſent les déplorables jours
D'une trop ingrate Maîtreſſe,
Calmer ton ombre vengereſſe;
Ou ſi, par un ſort rigoureux,
Ces jours triſtes & malheureux
Me ſont laiſſés pour mon ſupplice;
Et pour un plus grand ſacrifice,
Je jure, en ce moment, par vous,
Mânes, peut-être encor jaloux,
De n'adorer que votre image;
Et pour vous rendre un digne hommage,
Qui ſerve d'exemple aux humains,
Je veux, de ces pieuſes mains,
En Artémiſe déſolée,
Vous élever un mauſolée,
Où les remords & la pitié
Signaleront mon amitié....
Que dis-je! en ce moment funeſte,
Un autre objet que je déteſte,
Peut-être m'ôte ton amour,
Et t'enleve à moi ſans retour....

Non, Mirtile, je ne puis croire,
Que je ſorte de ta mémoire;
Tu m'aimas trop pour me haïr;
Tu ne le peux ſans me trahir.
En quelques lieux que tu reſpires,
Hélas! tu gémis, tu ſoupires....
Mille fantômes effrayans
S'offrent à mes eſprits flottans.
Tout accroît mon inquiétude.
Sortons de cette incertitude.
Ah! ſans doute, il vaut mieux mourir
Que de toujours craindre & ſouffrir.
Allons trouver la Magicienne....
Cette action n'eſt pas Chrétienne,
Et le Ciel pourra ſe venger;
Mais, Mirtile, eſt-il un danger
Que ma tendre amitié n'affronte?
Eſt-il rien que je ne ſurmonte;
Fût-ce l'anathême ou la mort,
Pour apprendre quel eſt ton ſort.
A cet enthouſiaſme impie,
D'un nouveau trouble elle eſt ſaiſie,

Se condamne, frémit d'horreur,
Et perſiſte dans ſon erreur.
Laïs étoit voluptueuſe,
Et cependant très-ſcrupuleuſe.
Vrai partage de Luciſer,
Elle craignoit ſur-tout l'Enfer,
Croyoit au Maître des Empires,
Aux Sorciers, aux Saints, aux Vampires,
Mêlant, avec ſincérité,
Le menſonge & la vérité:
Mais la foi n'eſt qu'une foi morte,
Quand la nature eſt la plus forte:
L'une très-mûrement penſoit,
L'autre vivement agiſſoit.
Avec ce délire incroyable,
Que de pauvres gens vont au Diable.
Comment peut-on, pour preſque rien,
Agir ſi mal, & penſer bien;
Et pourquoi l'ame intelligente
Eſt-elle la moins conſéquente....
Ce n'eſt pas trop ici le lieu
D'entrer dans ce ſecret de Dieu.

Revenons à notre Arthémiſe,
A ſes paſſions plus ſoumiſe,
Qu'à ſa croyance & ſes terreurs.
Le front pâle, les yeux en pleurs,
Elle vole chez Canidie,
Très-ſçavante dans la Magie,
Que tant d'époux & d'héritiers,
D'extravagans de tous métiers,
Interrogeoient dans leur détreſſe.
Cette inſidieuſe Prêtreſſe
N'exerçoit ſon art merveilleux,
Ni ſur un rocher ſourcilleux,
Ni dans ces cavernes funebres,
Lieux de regrets & de ténebres,
Où les Suppôts du faux Jupin,
Faiſoient parler l'affreux deſtin.
On voit fourmiller dans Lutece,
Des Charlatans de toute eſpece;
Mais cet air farouche, égaré,
D'un enthouſiaſte inſpiré,
Ces lieux formidables & ſombres,
Où Sagane évoquoit les ombres,

N'auroient

N'auroient pas, je crois, grand crédit,
Dans un ſiécle ſi plein d'eſprit.
L'immortelle Négromancie
A, ſemblable à la Pharmacie,
Pris d'autres armes contre nous :
Le front riant & les yeux doux,
Le miel de ſes levres découle ;
Et tout ſon art aujourd'hui roule
Sur un jargon ſouple & flatteur,
Bien plus redoutable enchanteur ;
Les lunettes, la chambre noire,
Les taliſmans & le grimoire,
Ne ſervent qu'à de vieux jaloux,
A des cancres encor plus fous,
A des coquettes ſurannées,
Eſpeces très-infortunées,
Dont elle irrite les vapeurs
Par des ſimulacres trompeurs.
Mais, pour la brillante jeuneſſe,
Il y falloit plus de fineſſe.
Canidie avoit ſes agens,
Tous eſpions très-intelligens,

Qui, ſous quelque ombre de ſervice,
S'employent à plus d'un office,
Et l'inſtruiſoient journellement
Du plus léger événement;
Que, ſans le ſecours des miracles,
Tu rendrois d'étonnans oracles,
Utile & ſage tribunal
Qu'éclaire cet obſcur fanal!
Notre Prophéteſſe informée,
Par cette ſourde renommée,
Moins que par l'indiſcret éclat
De Lindor & du Candidat,
N'eut beſoin du cours d'aucun aſtre,
Pour éclaircir tout ce déſaſtre.
Laïs, pleine d'un ſaint reſpect,
L'aborde, tremble à ſon aſpect,
Rappelle en vain ſa voix mourante;
Et peut-être ſon ame errante
Eût pris ſon vol en d'autres lieux,
Si l'accueil doux & gracieux
De la bienfaiſante Sibylle,
N'eût raffermi ſon cœur débile.

» Diſſipez le nuage épais,
» Qui ſemble obſcurcir vos attraits :
» Si ma ſcience eſt infaillible,
» Le Ciel à vos maux eſt ſenſible ;
» Nymphē, bientôt vous reverrez
» L'aimable objet que vous pleurez.
» Mirtile vit toujours fidele ;
» Que ne fût-il votre modèle !
» Lindor n'eût pas, pour ſe venger,
» Mis des jours ſi chers en danger.
» N'imputez point, dit Canidie,
» Sa vengeance à ſa perfidie :
» Cet Amant, juſtement jaloux,
» Seroit encore à vos genoux,
» Si votre cœur tendre & volage,
» N'eût, par un bizarre aſſemblage
» D'inconſtance & de ſentiment,
» Trahi ce tendre engagement.
» O toi qu'immole un triple crime !
» Toi qu'une main cruelle opprime,
» Pardonne ſi, dans ce malheur,
» Je t'abandonne à ta douleur.

» Je pourrois, par mon art ſuprême,
» Evoquer l'Enfer, le Ciel même;
» Et, par mes imprécations,
» Forcer ces dominations
» De reconnoître ma puiſſance;
» Je devrois à ton innocence
» De rompre ta captivité;
» Mais par ce coup d'autorité,
» La juſtice ſeroit trahie.
O Mirtile! une main chérie
Peut ſeule calmer tes chagrins;
Ainſi l'ordonnent les deſtins.
» Que ne puis-je, Nymphe charmante,
» Répondre mieux à votre attente.
» Je ſens qu'il doit vous en coûter,
» Et ce qu'il vous faut redouter
» D'une impérieuſe ennemie,
» Dont l'implacable jalouſie,
» Sans ceſſe attachée à vos pas,
» Vous pourſuivra juſqu'au trépas.
» Prévenez cette femme altiere,
» De ſes charmes naiſſans trop fiere;

» Mais fatal & cruel accueil,
» Où s'iroit briſer votre orgueil.
» Ne diſputez point la victoire :
» Le ſentiment vaut bien la gloire;
» Et ſongez que de cet effort,
» Votre Mirtile attend ſon ſort.
L'Oracle terrible & funeſte,
Qui d'Œdipe annonça l'inceſte,
A Jocaſte fit moins d'horreur,
Que ne répandit de terreur,
Dans l'ame de cette victime,
Un châtiment ſi légitime.
O deſtin! quelle eſt ta rigueur!
Peux-tu bien déchirer un cœur,
Par le plus barbare ſupplice,
Pour un tendre & léger caprice,
Que l'uſage, en ce ſiécle aiſé,
A dès-long-temps autoriſé.
Où l'erreur eſt univerſelle,
Nulle action n'eſt criminelle.
Si l'infidélité fait loi,
Tout le monde eſt de bonne foi.

L'amour, ſans un peu de folie,
Languit dans la mélancolie.
Son inconſtance, ſes travers,
Sont l'ame de cet Univers;
Et la nature bienfaiſante,
Qui nous fit l'humeur ſi changeante,
Nous a prodigué les deſirs,
Pour multiplier nos plaiſirs.
Ainſi, Laïs, triſte égarée,
L'ame, de l'eſprit ſéparée,
En ſilence refléchiſſoit,
Et fauſſement philoſophoit.
Que le vice trop à la mode
Rende la vie aſſez commode,
C'eſt ce qu'on ne ſçauroit nier:
Mais que l'Amour ſi familier,
Sans fidélité ni décence,
Soit une douce jouiſſance;
Je prends, pour ſon juge, l'ennui,
Que ſans ceſſe il traîne après lui.
Laïs troublée, anéantie,
Sort enfin de ſa léthargie.

Tel un feu long-temps renfermé,
Et par l'air ſoudain enflammé,
Lance ſa vapeur dévorante,
Et ſeme par-tout l'épouvante;
Ainſi, Laïs, les yeux ardens,
Glace ſes plus chers confidens.
Oui, dit-elle, deſtin farouche,
En vain ton infernale bouche
A prononcé mon déshonneur:
Je m'abandonne à ta fureur;
Aſſouvis ta haine implacable.
Quelque ſoit le coup qui m'accable;
Je le recevrai ſans effroi,
Et la mort ne peut rien ſur moi.
Quoi! j'aurai vu, pendant trois luſtres,
Les eſclaves les plus illuſtres,
A mon char ſuperbe enchaînés;
Et ces fiers mortels entraînés,
Par des charmes trop invincibles,
Etre pour moi ſeule acceſſibles.
La plus innocente faveur,
Un regard quelquefois trompeur,

Ma légéreté, mes caprices,
Auront souvent fait leurs délices;
Mes triomphes, mes cruautés,
Des plus orgueilleuses beautés,
Auront excité les allarmes;
L'envie aura versé des larmes
De ses plus odieux complots,
Vainement troublé mon repos,
Et j'aurai fait, sur mes rivales,
Retomber cent trames fatales,
Pour ternir, par ma lâcheté,
Un éclat si cher acheté,
Et traîner, dans l'ignominie,
Les tristes restes de ma vie:
S'il faut la devoir au mépris,
Périssent Mirtile & Laïs:
Triomphe, Rivale inhumaine!
Jamais le temps ne se ramene.
J'ai vu ces jours si glorieux,
Où le vain éclat de tes yeux....
Ils sont passés; ce qui m'en reste
Ne sçauroit plus t'être funeste;

Et

Et c'eſt-là tout mon déſeſpoir.
Jouis enfin de ton pouvoir;
Mais n'attends pas qu'une ame fiere
S'abaiſſe juſqu'à la priere;
Ni jamais te rende un tribut,
Dont ma honte eſt l'unique but.
J'obéis à ta voix ſévere,
Fauſſe gloire, triſte chimere.
Dans cette humiliation,
Ma ſeule conſolation,
Cher Mirtile, ame de ma vie;
Jouet malheureux de l'envie,
Et que je trahis malgré moi,
C'eſt de mourir digne de toi.
Soupire, Nymphe malheureuſe;
Mais, dans ton infortune affreuſe;
Garde-toi bien de rappeller
L'objet que tu viens d'immoler.
Tu flatterois cette ame vaine,
Sans l'intéreſſer à ta peine.
Il ne reſte qu'un ennemi

Dans l'Amant que l'on a trahi.
La haine eſt quelquefois ſenſible ;
Mais le mépris eſt inflexible ;
Et ſi Lindor, dans ſon courroux,
Voit quelque objet d'un œil jaloux,
Ce n'eſt pas Laïs infidelle,
C'eſt Phriné, charmante & cruelle.
Sexe perfide, ç'en eſt fait,
Diſoit-il ; je ſuis ſatisfait.
Tu n'as plus rien que je redoute ;
Je te connois trop tard ſans doute ;
Mais je n'impute mon malheur
Qu'à ma franchiſe, à mon erreur.
Faut-il tant d'eſprit pour atteindre
Au ſublime talent de feindre.
Dominons ce Sexe ſi vain,
La coquette par le dédain,
La tendre prude, à l'œil auſtere,
Sous le voile adroit du myſtere.
Soyons flatteurs près des époux,
Près des meres modeſte & doux....

Mais que dis-je ! armons-nous d'audace,
L'art eſt plus lent, moins efficace.
J'ouvre les yeux, Sexe léger,
Tu n'as qu'un charme paſſager ;
Tes vertus ne ſont que caprices,
Et pour te plaire il faut des vices.
A ce blaſphême du dépit,
Lindor en ſecret s'applaudit.
Une maligne & fauſſe joie
Sur ſon front ſerein ſe déploie....
Laiſſons-le en ſes bouillans accès
S'enivrer de quelque ſuccès,
Et dans ce héroïſme étrange
S'égaler au Vaïnqueur du Gange ;
L'Amante du Dieu des combats,
Vend cher ſa gloire & ſes appas ;
Moins elle oppoſe de barrieres,
Plus ſes armes ſont meurtrieres.
Mars, dans ſes plus ſanglans exploits,
A ſes limites & ſes loix ;
Mais Vénus, toujours favorable,

N'en est que plus inexorable,
Moins fameuse pour ses attraits
Que par nos pleurs & nos regrets.

FIN DU CHANT TROISIÉME.

LAÏS ET PHRINÉ, POËME.

CHANT QUATRIÉME.

DÉJA la Déesse aux cent bouches,
Par ses récits malins & louches
Entretenoit tout l'univers
De Laïs & de ses revers;
Déja plus d'une Héroïne
S'établissoit sur sa ruine.
Lindor vivement agacé,
Et du choix seul embarrassé,
Tantôt voyoit, d'un œil tranquille,
Couler les larmes d'Ériphile,

Ou par d'insultantes froideurs
Bravoit Médée & ses fureurs.
Tantôt, l'ame âprement saisie,
Pour un minois de fantaisie,
Il tiroit de l'obscurité
Des appas sans célébrité;
Confondant prudes & coquettes,
Femmes de la Cour & grisettes,
Ne portant pas plus de respect
Au plus beau sang qu'au plus abject:
A qui donner la préférence
Pour la sagesse & la constance?
Juger un point si délicat,
Seroit, sans doute, un attentat.
Mais Lindor, si j'en crois l'histoire,
Faisant souvent trêve à la gloire,
Préféroit, pour la volupté,
Le naturel & la gaieté,
Une Bergere un peu novice,
Aimant bien & n'ayant qu'un vice,
A ces beautés d'un prix si haut,
Chez qui le cœur est en défaut.

A travers tant d'art & de grâces,
Il recherchoit en vain les traces
De cette aimable & tendre ardeur
Qui s'embellit par la candeur.
Il trouvoit, dans ces Beautés fieres,
Trop peu d'ame & trop de manieres,
Dans leur éclat plus d'un faux jour,
Et trop d'intrigues ſans amour.
Malgré ces erreurs malhonnêtes
Lindor faiſoit mille conquêtes,
Et voyoit croître ſon crédit.
En tout genre le nom ſuffit.
L'homme à la mode eſt une idole;
Miſe en faveur par quelque folle,
Qu'éleve un rien, qu'un rien détruit,
Et qui pour rien fait un grand bruit.
Muſe, laiſſons cette critique
D'une plume amere & cauſtique.
Si la ſatyre eſt ton projet,
Reviens du moins à ton objet;
Dépeins-moi Phriné triomphante,
Et mille fois plus raviſſante

Depuis la chûte de Laïs.
Jamais l'Amante d'Adonis,
Admise à la céleste Orgie,
Ne savoura plus d'ambrosie,
Et ne reçut, des mains des Dieux,
Un encens plus délicieux,
Que Phriné dans cette victoire,
Ne respira de vaine gloire.
Tout ce que la Ville & la Cour
Offre en sacrifice à l'Amour,
Fortune, honneur, fêtes galantes,
Faux sermens, bassesses *galantes*
Se prodiguoient aveuglément,
Plus par air que par sentiment.
Inutile supercherie!
La plus adroite flatterie
Echouoit devant ce rempart,
Que défendoient l'orgueil & l'art.
Une si belle résistance
Eût enfin lassé leur constance;
Si bien plus jaloux qu'amoureux,
L'un n'eût cru l'autre plus heureux;

Et prétendu même avantage.
Dans l'eſpoir de ce doux partage,
Chacun d'eux vivement preſſoit,
Et Lindor les encourageoit.
Il n'avoit pas, en honnête homme,
Dit qu'il eût obtenu la pomme;
Mais ſes diſcours à double ſens,
Inſtiguoient des ſoupçons puiſſans,
Que Phriné, plus fine que ſage,
Adroitement ſuivoit l'uſage.
Ce menſonge toujours trompeur,
N'avoit pris que trop de faveur.
Phriné, d'ailleurs, flattoit leur flamme,
Portoit le trouble dans leur ame,
Et ce deſir intermittent,
L'aiguillon le plus irritant;
Tour-à-tour tendre & dédaigneuſe,
Tantôt vive & tantôt rêveuſe,
Fuyant les plus perſécuteurs,
Et pourſuivant les déſerteurs,
Elle faiſoit, par ce manége,
Croire qu'on la prenoit au piége,

Même en ce point contre vertu,
Point ſi ſouvent mal débattu.
Pourſuis, Phriné; trompe, traverſe
Cette engeance folle & perverſe,
Dont le langage ſéduiſant
N'a qu'un but toujours outrageant.
Ton art né prit point la naiſſance
Au ſiécle où régnoit l'innocence :
Siécle heureux, & dont le bonheur
Avoit ſa ſource au fond du cœur;
Il nâquit au ſein de ce vice,
Dont il dédaigne le ſervice;
Et s'il y puiſe ſon orgueil,
Il en eſt le plus ſûr écueil.
Pourſuis, dis-je, je te pardonne
Cet art que la vanité donne;
Puiſſe-t'il être encor long-temps
Le fléau de tous nos galans;
Mais ſi ce monſtre s'humaniſe,
Pour la vertu plus de *franchiſe*,
A jamais la chaſteté fuit,
Et ſon ſeul aſyle eſt détruit.

Jouis donc, Phriné, de ce charme,
Que tout flatte & rien ne désarme;
Mais laisse, au moins, pleurer Laïs,
Sans l'accabler de tes mépris;
Sois, s'il se peut, plus généreuse
Pour en être plus dangereuse;
Reviens sur-tout d'une rigueur
Condamnable dans un vainqueur.
Mirtile, victime innocente,
A-t-il de ta main caressante
Obtenu la moindre amitié?
As-tu, sensible à la pitié,
Écouté ses trop justes plaintes,
Et jamais dissipé ses craintes?
Ces jolis riens, ces noms heureux,
Ces entretiens si doucereux,
Ces misticités d'un cœur tendre,
Que ton Sexe a seul l'art d'entendre,
Te sont-ils jamais échappés?
Non! ses sens ne sont plus frappés
De cette agréable harmonie,
Que soutenoit sa mélodie.

A-t'il enfin de ton chevet
Mollement preſſé le duvet,
Et ſur ta bouche demi-cloſe
Diſtillé l'œillet & la roſe.
Hélas! tout mon cœur en frémit;
Ce fidele Achates gémit
Honteuſement chargé d'entraves,
Et le joüet de tes eſclaves;
Mais fier, dédaignant leur ſecours,
Et de ſa vie hâtant le cours,
Pour éviter l'ignominie
D'être en mauvaiſe compagnie.
A de ſi nobles ſentimens,
Réponds par tes embraſſemens,
Ou ſon trépas inévitable
Te rend à jamais exécrable.....
Vains efforts! La rivalité
Ne connoît point l'humanité,
Et la Beauté la plus ſenſible,
En fait d'orgueil eſt inflexible.
Ah! Laïs, que d'inimitié,
Et que ton ſort me fait pitié.

Tes Amans, ta gloire & tes charmes,
Ne te font point verſer de larmes.
Qu'un ſentiment plus généreux
T'agite en ces momens affreux.
Mirtile, moitié de toi-même,
Cauſe ſeul ta douleur extrême;
Tu le vois pendant ton ſommeil;
Tu le cherches à ton reveil....
Le dirai-je ! dans ſon délire
On eût vu Laïs lui ſourire,
Ou, pouſſant de profonds élans,
Le preſſer de ſes bras tremblans;
L'eſprit le plus ferme s'émouſſe
D'une plus légere ſecouſſe.
Des ſonges creux le noir bandeau,
Offuſquoit ce tendre cerveau.
Tantôt de ſon laboratoire,
Elle faiſoit un Oratoire:
Là, les yeux au Ciel attachés,
Elle pleuroit ſur ſes péchés;
Et digne émule de Thérese,
Dans ces accès de ſyndéreſe,

Elle vouloit fuir au désert,
Où l'honneur semble être à couvert;
Mais l'heure n'étoit pas venue.
Sa piété mal entendue
N'étoit qu'un repentir trompeur,
Fruit précoce d'une vapeur.
Tantôt rappellant son courage,
Elle veut à l'Aréopage
Porter ce forfait inoui;
Mais elle tremble qu'ébloui
Par la jeunesse & par les grâces,
Ou des charmes plus efficaces,
On ne la mette hors de cour,
Et sa honte en un plus grand jour;
Quelquefois levant tout obstacle,
Elle veut accomplir l'oracle
Dans l'appareil humiliant,
Et du ton de voix suppliant
Qu'exige ton Dieu qui protege
Sous la peine de sacrilége;
Mais la fierté l'emporte encor
Sur sa vie & sur son trésor.

Ainſi la Nymphe infortunée,
De toutes parts abandonnée,
Sentoit un peu ſur ſon déclin,
Qu'aux efforts de l'eſprit malin
Il faut oppoſer quelque digue;
Et qu'une femme trop prodigue
De ſon cœur & de ſes appas,
Fait bien moins d'heureux que d'ingrats.
De tant d'objets de ſes caprices,
Dont elle avoit fait les délices,
Un ſeul n'en avoit pu bannir
Le trop funeſte ſouvenir.
Philoſophe aimable & ſenſible,
Dans une retraite paiſible
Penſer & vivre en liberté,
Faiſoit toute ſa volupté;
Mais le Code philoſophique
N'abroge pas la loi phyſique;
Et le Démon peu délicat,
Qui tourmente le célibat,
Lui préſentoit ſouvent l'image
De cette Amante trop volage.

Notre Nymphe l'avoit aimé,
J'ose dire plus, estimé;
Mais sa morale trop austere,
Un goût bourgeois pour le mystere,
Une ridicule fureur
De vouloir seul jouir d'un cœur,
Ne rendent pas l'amour commode.
N'ayant pu le mettre à la mode,
Ni le réduire à souffrir tout,
Pour lui donner quelque dégoût,
Elle prit une route honnête.
Un accueil triste, un mal de tête,
Un rendez-vous mystérieux
De Philinte ouvrirent les yeux.
L'usage, en pareille aventure,
Est de confondre une parjure.
Mais l'homme sage hait l'éclat.
Sans attendre qu'on l'exilât,
Dans le silence il fit retraite,
Un peu honteux de sa défaite.
Depuis ce temps il avoit eu
Besoin de toute sa vertu;

Mais

Mais enfin, loin d'une infidelle,
Il eſpéroit triompher d'elle,
Quand le récit de ſes malheurs
Vint renouveller ſes douleurs.
A cette rechûte ſoudaine,
Il ne ſe donna pas la peine
D'employer en vain ſa raiſon,
Et repouſſer ce doux poiſon.
Tel une nef, au gré d'Éole,
Vogue ſans mâts & ſans bouſſole,
Et par un heureux coup du ſort,
Se retrouve enfin dans le Port;
Ainſi l'Amour & la Folie,
Conduiſant la Philoſophie,
Lui rendirent bientôt un cœur
D'où dépendoit tout ſon bonheur.
Rougis au moins de ta foibleſſe,
Fiere & lumineuſe Déeſſe;
Rentre dans le rang des mortels,
Toi qui demande des autels.
Philinte, donc baiſant ſa chaîne,
Cede au doux eſpoir qui l'entraîne,

Ne s'étant pas humilié
Au point de se croire oublié;
Mais jugeant bien que sans Mirtile
Toute entreprise est inutile,
Il conçoit le projet hardi
D'enlever cet objet chéri,
Et d'illustrer son sacrifice
Par ce redoutable artifice,
Dont Phriné, moins coupable encor,
S'étoit servi contre Lindor.
La ruse, en soi très-condamnable,
Lui parut ici pardonnable:
Il n'avoit pas d'autre moyen,
Et faisoit un mal pour un bien:
La plus belle ame enfin s'abuse,
Et ce qui plaît toujours s'excuse.
Philinte, sans un grand crédit,
Chez Phriné fut bientôt conduit;
On ne trouve pas grand obstacle
Dans tous les lieux qui sont spectacle.
Je peindrois mal l'impression
Que fit son apparition

Sur cette Cour brillante & leſte.
Philinte étoit ſimple & modeſte,
Honnête, mais embarraſſé,
Toutes vertus du temps paſſé.
Il prit mal, à ſon ordinaire:
Cependant, réſolu de plaire,
Il ſe remit, parla de tout,
Oſa fronder le mauvais goût;
Ce mal ſçavant qui nous déſole,
Gagné dans la nouvelle école,
Où l'on trouve tout inſenſé,
Hors ce que le maître a penſé.
Delà paſſant aux bagatelles,
Il fit voler mille étincelles,
Et des grâces prenant le ton,
Mit de l'eſprit dans un jargon.
Phriné ſurpriſe & preſque émue,
Cherchant à rencontrer ſa vue,
Admira ſon noble maintien,
Et goûta, dans ſon entretien,
Cette éloquence naturelle,
Que l'art en vain prend pour modèle.

Ah! combien dans ce doux moment
Phriné joua le ſentiment,
Et lui lança d'agaceries ;
(Supprimant les minauderies,
Tant le Philoſophe avoit pris
D'autorité ſur ſon eſprit.)
Philinte liſant dans ſon ame
Juſqu'où la vanité l'enflamme,
Pour y joindre un irritamment,
Quitte la place & ſort gaiement,
Dont la Nymphe très-alarmée,
Se plaint en femme déſarmée ;
Mais ne pouvant le retenir,
Elle l'invite à revenir,
Sans tarder, le lendemain même ;
Tant le Sexe en tout eſt extrême.
Philinte parti, nos galans
L'accablerent de traits mordans.
Phriné n'étant pas épargnée,
En fut encor plus indignée,
Très-vivement le défendit,
Et ſans peine les confondit.

Beau Sexe, il faut que je l'avoue,
Et que ma plume enfin te loue.
Nous ignorons ce que tu vaux,
Et tes vices ſont nos travaux.
Quelque ſoit ton imprudence,
On te plaît ſans extravagance,
Sans le langage aventuré
D'un Petit-maître évaporé;
Ton ame tendre & délicate
Diſtingue la main qui la flatte.
Un cœur ſenſible, un goût exquis,
Charmes par nous ſi peu requis,
La douceur plus puiſſante encore,
Te ſont acquis dès ton aurore,
Et tu chérirois ces préſens
Si nous étions plus exigeans.
Philinte plein d'impatience,
Au moment pris pour l'audience,
Court chez Phriné qui l'attendoit,
Et déja même s'alarmoit.
Phriné ſimple dans ſa parure,
Avoit conſulté la nature;

Et ſon art, pour tout inſpirer,
Laiſſoit beaucoup à deſirer.
Son ardeur paroiſſoit naïve,
Sa gaieté plus tendre que vive.
Leur propos fut celui du jour;
C'eſt-à-dire, on parla d'amour.
A ce mot, Philinte ſoupire,
» Malheureux qui ſous ſon empire
» Languit en eſclave attaché,
» S'écria-t-il d'un air touché!...
Quoi! vous aimeriez, lui dit-elle!
» Oui! de l'ardeur la plus fidelle,
» Répondit-il avec tranſport;
» Je prévois quel ſera mon ſort;
» Mais une invincible puiſſance
» L'emporte ſur ma réſiſtance.
» Pour jamais victime d'un feu
» Dont à regret je fais l'aveu,
» Je ſens que je lui ſacrifie
» Mon repos, ma Philoſophie,
» Et je n'en éprouve que mieux
» Tout ce que peuvent deux beaux yeux.

» Ah! Phriné, guériſſez mon ame
» D'une trop dangereuſe flamme;
» Contribuez à mon bonheur
» En m'arrachant à mon erreur.
» Dites-moi bien que, trop ſincere
» Pour jamais eſpérer de plaire,
» Je dois étouffer des deſirs
» Qui feroient tous mes déplaiſirs.
Philinte ayant pour but Mirtile,
Eſcobardoit en homme habile.
Très-vrai dans tout ce qu'il diſoit,
Faux dans l'abus qu'il en faiſoit,
Phriné n'en fut pas moins frappée,
Ni ſa vanité moins trompée;
Et pour répondre dignement
Aux vœux d'un ſi parfait Amant,
Elle emprunta ce verbiage,
Qui n'eſt trop doux ni trop ſauvage,
Et fait toujours bien augurer
Du cœur dont on veut s'aſſurer.
» On ne craint point ce qu'on deſire,
» Lui dit-elle avec un ſourire,

» Et l'on croit trop facilement
» Tout ce qui plaît au ſentiment.
» Philinte, votre amour me flatte,
» Et mon ame n'eſt point ingrate.
» Je trouve enfin dans votre ardeur
» Tout ce qui peut plaire à mon cœur;
» Mais l'amour a tant de traverſes,
» De detours, de faces diverſes,
» Qu'il eſt toujours bien dangereux
» De céder à ſes premiers feux.
» Aveugle quand ſa main nous bleſſe,
» Il n'eſt ſouvent qu'une foibleſſe,
» Un lien vif & paſſager,
» Que le plaiſir vient dégager.
» Je crains tout de ſon artifice;
» Que ſçais-je, hélas! ſi le caprice
» Et l'orgueil dans mon cœur jaloux
» Ne s'uniroient pas contre vous.
» Que dis-je! vous-même peut-être
» Croyez aimer ſans vous connoître.
» Les charmes de la nouveauté,
» Ma jeuneſſe, quelque beauté,

» Qu'un inſtant voit naître & détruire,
» Ne peuvent-ils pas vous ſéduire,
» Et vous inſpirer un deſir
» Dont j'aurois peut-être à rougir.
» Conſultons-nous donc l'un & l'autre;
» Éprouvez mon cœur, moi le vôtre.
» Philinte, venez chaque jour
» M'entretenir de votre amour:
» Joignons-y l'amitié fidelle
» Qui devroit être ſon modèle.
» Inflexible ſur mes défauts,
» Dites-moi, non ce que je vaux,
» Mais tout ce qui me reſte à faire,
» Moins pour bien aimer que pour plaire.
» Plus je croirai tenir de vous,
» Et plus votre ſort ſera doux.
Ainſi Phriné donnoit des armes,
Qui devoient lui coûter des larmes.
Philinte auſſi-tôt s'en ſaiſit,
Lui reproche l'affreux délit,
Et cette haine envenimée
Qui terniſſoient ſa renommée;
Mais avec cette aménité,
Qui fait aimer la vérité.

Phriné, dans ce moment, remplie
Du feu de la Philoſophie,
Baiſſe humblement ſes foibles yeux
Devant cet aſtre radieux,
Et tout-à-coup comme inſpirée,
Veut que ſa faute réparée
Soit un éternel monument
Du triomphe de ſon Amant.
Tandis qu'ainſi Phriné s'accuſe,
Je ne ſçais pas par quelle ruſe
Mirtile avoit pris les devans,
Et trompé tous ſes ſurveillans;
Mais ſoudain il s'offre à leur vue.
Philinte, l'ame trop émue,
Ne put cacher l'intérêt vif
Qu'il prenoit à ce cher captif.
Mirtile à ſon tour lui déploie
Sa reconnoiſſance & ſa joie,
Et ſemble, après tant de malheur,
Voir en lui ſon libérateur.
Philinte le prend, le carreſſe,
Il lui rappelle ſa maîtreſſe;
Et trop certain de ſon projet,
Ne craint plus d'en nommer l'objet.

Phriné ſurpriſe, confondue,
Veut parler, demeure éperdue,
Tombe dans un accablement,
Qui la prive du ſentiment.
Philinte en reſſent quelque peine;
Lui-même au jour il la ramene,
Et plus glorieux que Jaſon,
S'enfuit, muni de la Toiſon.
O Phriné! quelle fut ta rage,
Après un ſi ſenſible outrage.
Il devoit éclairer ton cœur,
Et n'y porta que la fureur.
Mais, de l'ame d'une coquette,
La honte a bientôt fait retraite.
L'orgueil trop éloquent parla,
Et ſa beauté la conſola.
Philinte ayant l'amour pour guide,
S'acheminoit d'un pas rapide,
Vers ces lieux charmans ou jadis,
Sa tendreſſe vainquit Laïs.
Séjour hélas! où la triſteſſe
Siégeoit au ſein de la molleſſe;
Il approche, il tremble, il frémit,
Et ſon cœur oppreſſé gémit.

De cette demeure ſacrée
Trois fois il veut franchir l'entrée,
Trois fois un cruel ſouvenir
Semble pour jamais l'en bannir. . . .
Mais tu dirigeois la balance,
Tendre Amour! Philinte s'élance
Avec Mirtile, dont les cris
Paroiſſoient diſputer ce prix,
Que, dans une courſe galante,
Hippomene obtint d'Attalante.
Laïs dans un ſombre réduit
Où l'affreux déſeſpoir la ſuit,
Déroboit au jour qui la bleſſe
Ses remords, ſes pleurs, ſa foibleſſe.
Une pâle & triſte lueur,
Le froid ſilence, la terreur,
Augmentoient ſa douleur mortelle,
Et ne la rendoient que plus belle....
Dieux! dont j'éprouve le courroux,
Hélas! quels objets m'offrez-vous;
S'écria-t'elle .... fut-ce un ſonge!
Agréable erreur, doux menſonge,
Ranimez mes ſens affoiblis,
Et mes yeux de larmes remplis....

Livre ton cœur à la tendreſſe;
C'eſt Mirtile qui te carreſſe,
Nymphe, tu n'en ſçaurois douter
Au trouble qui vient t'agiter.
Tu l'entends, & ta main le touche;
Oui, c'eſt lui qui couvre ta bouche
De cent baiſers délicieux....
Enfin Laïs ouvre les yeux,
Et dans tous ſes goûts exceſſive,
D'une inquiétude trop vive,
Paſſe au tranſport le plus ardent.
Tu fus, à regret, confident
De cette joie immodérée,
Philinte; ton ame livrée
A quelques ſentimens jaloux
Envia des plaiſirs ſi doux;
Mais ſans les troubler, ni t'en plaindre.
Qui ſçait aimer ſçait auſſi craindre;
Et le plus juſte emportement
Eſt nuiſible au plus tendre Amant.
Ce jour te ſera favorable
Philinte, il n'eſt rien de durable.
Mirtile content de ſon ſort
Déja s'étend, bâille & s'endort.

Déja Laïs, un peu confuse,
S'étonne, te parle, & s'accuse.
Quoi ! c'est vous, généreux ami,
Vous Philinte que j'ai trahi,
Qui me rappellez à la vie.
O Ciel ! après ma perfidie
Et le mal que je vous ai fait,
Votre vengeance est un bienfait.
Sensible à ce trait magnanime,
J'en ai plus d'horreur de mon crime.....
Reprenez vos droits sur mon cœur
S'il peut faire votre bonheur;
Si le retour d'une parjure
A vos yeux n'est pas une injure....
Philinte à ces mots s'attendrit;
Et le cœur étouffant l'esprit,
Tombe à ses genoux qu'il embrasse,
En homme qui demande grace.
Laïs cede, & versant des pleurs,
Lui fait oublier ses malheurs.
La reconnoissante parfaite,
Nos Amans d'accord, la paix faite;
Laïs voulut enfin sçavoir
Comment Mirtile en son pouvoir,

Quelque art qu'eût employé Philinte,
Etoit ſorti du labyrinthe.
Il ſatisfait à ſon deſir:
Laïs l'écoute avec plaiſir,
Et s'écrie, en femme outragée;
Ah! Phriné, je ſuis donc vengée;
Reconnois enfin malgré toi,
Que l'amour parle encor pour moi....
Ce ſentiment d'une ame vaine
Vers ſon bienfaiĉteur la ramene;
Et ſa flamme eut, dans cet inſtant,
Toute l'ardeur d'un feu naiſſant....
Quoi! ſon amour ſe renouvelle!
Non! il faut que je le révele.
L'eſtime, la tendre pitié,
La gratitude, l'amitié,
Et cet attrait plus invincible,
Qui fait paroître un cœur ſenſible
Dans ce moment d'émotion,
Lui tinrent lieu de paſſion.
Mais n'attends plus de ſa tendreſſe
Ces tranſports, ce feu, cette ivreſſe.
Il n'eſt qu'un moment pour l'amour;
Et ce moment eſt ſans retour.

Philinte, Laïs eſt ſincere ;
Elle t'eſtime, & veut te plaire.
Contente-toi d'un ſentiment
Plus ſolide que véhément.
Rien n'eſt parfait dans ce bas monde ;
Notre bonheur envain ſe fonde
Sur des plaiſirs ſi paſſagers.
L'amour trop vif a ſes dangers.
Non moins fougueux que le bitume,
Il éclate, il brûle, il conſume ;
Sa flamme darde mille éclairs,
Et s'évapore dans les airs.
Laïs par ſon malheur inſtruite,
A la tendre amitié réduite,
Reſſentit un charme inconnu
Qui reſſembloit à la vertu,
Fit le ſerment d'être cruelle,
Aima moins, & fut plus fidelle.

F I N.

www.ingramcontent.com/pod-product-compliance
Ingram Content Group UK Ltd.
Pitfield, Milton Keynes, MK11 3LW, UK
UKHW021552260726
13993UKWH00002B/789